诗经绘

胡永凯 绘
易中天 译

浙江文艺出版社
Zhejiang Literature & Art Publishing House

果麦文化 出品

《诗经》就是用来画的

某天，孔夫子独自一人站在院子里。

站那儿干什么呢？

不知道，也许是想问题。

哲学家，总是喜欢沉思。

他的儿子孔鲤趋而过庭。

趋，就是小步快走，表示恭敬。

老爷子却叫住了他，问："学《诗》了吗？"

孔鲤答："还没有。"

老爷子便说："不学《诗》，无以言。"

听了这后来叫作“庭训”的父亲的教诲，孔鲤退回去学诗。

《诗》，就是我们现在说的《诗经》。

这事大了。

不学《诗经》， 就不会说话？

当然会的，只是读过《诗经》的，说话特高级。

南朝刘义庆《世说新语·文学》篇说，东汉经学家郑玄的奴婢全都知书达理、满腹经纶。有次，郑玄觉得某婢女办事不力，盛怒之下不听解释，便叫人把她拽到庭院中的泥地里。恰好另外一个婢女走来，就奇怪地问：

> 胡为乎泥中？

这是《诗经·邶风·式微》中的句子。

意思是：你怎么站在泥地里？

那婢女便答：

> 薄言往愬，逢彼之怒。

这是《诗经·邶风·柏舟》中的句子。

意思是：我倒想说清楚，偏偏他在火头上。

大家看，这样说话，是不是特别文雅？

可惜，现代人没法学。比方说挨了老师或者领导的训，小伙伴来问，总不能也答“薄言往愬，逢彼之怒”或者“我心匪石，不可转也”吧？

但，不能用，却可以读，更可以画。

看了胡永凯先生创作的《诗经》诗意图，相信大家会认同这观点。那些诗确实是画面感极强，生动鲜活的，在胡永凯先生笔下更是趣味盎然。为了帮助理解，我也做了意译，目的是得其意而不拘泥于文字。胡先生的画与其说是图解，毋宁说是现代意义上的追溯，表现意义上的再现。

诸位喜欢吗？

要不要也画一幅？

易中天

2020 年 9 月 16 日

目录

风

雅

颂

《诗》三百，一言以蔽之，曰『思无邪』。

——孔子

風

周南 關雎

关关○雎鸠，在河之洲。
窈窕○淑女，君子好逑○。

参差荇菜，左右流之。
窈窕淑女，寤寐○求之。

求之不得，寤寐思服○。
悠哉悠哉，辗转反侧。

参差荇菜，左右采之。
窈窕淑女，琴瑟友之。

参差荇菜，左右芼○之。
窈窕淑女，钟鼓乐之。

●
关关：形容水鸟的和鸣声。| 窈窕（yǎo tiǎo）：娴静美好的样子。| 好逑：好的配偶。
寤寐（wù mèi）：醒来和睡着。| 思服：思念。| 芼（mào）：择。

詩經周南之關雎
胡永凯筆

周南○·关雎

男孩思念女孩之歌。

水鸟儿放声歌唱，
天天在那沙洲上。
好姑娘温柔漂亮，
时时在我心坎上。

荇菜儿荇菜儿短短长长，
左一把右一把采个满筐。
好姑娘好姑娘温柔漂亮，
害得我害得我朝思暮想。

想着你没有商量，
追不上心里发慌。
我的夜那样漫长，
睁着眼直到天亮。

荇菜儿荇菜儿短短长长，
左一把右一把采个满筐。
好姑娘好姑娘温柔漂亮，
弹起琴敲起鼓听我歌唱。

●《周南》：周公统治下南方地区的民歌。“周南”所属范围约在今洛阳以南直到江汉一带。

周南卷耳

采采卷耳，不盈顷筐○。
嗟我怀人，寘○彼周行○。

陟○彼崔嵬，我马虺隤○。
我姑酌彼金罍○，维以不永怀。

陟彼高冈，我马玄黄。
我姑酌彼兕觥○，维以不永伤。

陟彼砠○矣，我马瘏○矣。
我仆痡○矣，云何吁矣！

●
顷筐：前低后高的斜口筐。| 寘（zhì）：通“置”，放置。| 周行：大道。| 陟（zhì）：登高。
虺隤（huī tuí）：腿脚软弱无力的样子。| 金罍（léi）：青铜制酒器。| 兕觥（sì gōng）：犀牛角制酒器。
砠（jū）：有土的石山。| 瘏（tú）：因劳累致病。| 痡（pū）：疲困不堪。

周南 卷耳

周南·卷耳

怀人之歌。
想念谁？众说纷纭，不必拘泥。

卷耳啊又嫩又香，
老半天采不满筐。
想着他意乱心慌，
菜篮子丢在路旁。

走啊走来到高地，
我的马双腿战栗。
拿起那青铜酒器，
但愿我不再哭泣。

走啊走登上山冈，
我的马病病殃殃。
牛角杯倒满酒浆，
但愿我不再悲伤。

走啊走登上山包，
我的马已经累倒。
仆人也筋疲力尽，
这哀愁何时是了？

周南 桃夭

桃之夭夭○，灼灼其华○。
之子○于归○，宜其室家。

桃之夭夭，有蕡○其实。
之子于归，宜其家室。

桃之夭夭，其叶蓁蓁○。
之子于归，宜其家人。

●
夭夭：形容茂盛、有生气的样子。| 华（huā）：通“花”。| 之子：这个姑娘。
于归：出嫁。| 蕡（fén）：形容果实繁盛硕大的样子。| 蓁（zhēn）蓁：叶子茂盛。

周南
桃夭

周南・桃夭

送嫁之歌。

桃花吐露芳华，
开满枝枝丫丫。
这个姑娘要出嫁，
愿你到个好人家。

桃树百态千姿，
枝头挂满果实。
这个姑娘要出嫁，
愿你过上好日子。

桃林青春靓丽，
叶儿那么茂密。
这个姑娘要出嫁，
愿你称心如意。

周南 麟之趾

麟之趾，
振振公子，
于嗟麟兮。

麟之定，
振振公姓，
于嗟麟兮。

麟之角，
振振公族，
于嗟麟兮！

趾：足，麒麟的蹄。| 振（zhēn）振：诚实仁厚的样子。或解为纷飞散落。
公子：与后文公姓、公族皆指贵族子孙。| 定："顶"之假借，即额。

周南麟之趾

周南·麟之趾

赞颂贤明领导人之歌。
传说中，麒麟是一种仁兽。

麒麟的蹄子不踢人。
诚实厚道的公子啊，
你就像那麒麟，
啊，麒麟！

麒麟的额头不抵人。
诚实厚道的公孙啊，
你就像那麒麟，
啊，麒麟！

麒麟的双角不伤人。
诚实厚道的公族啊，
你就像那麒麟，
啊，麒麟！

召南 草蟲

喓喓○草虫，趯趯○阜螽○。
未见君子，忧心忡忡。
亦既见止，亦既觏○止，我心则降！

陟彼南山，言采其蕨。
未见君子，忧心惙惙。
亦既见止，亦既觏止，我心则说！

陟彼南山，言采其薇。
未见君子，我心伤悲。
亦既见止，亦既觏止，我心则夷○！

喓（yāo）喓：虫鸣声。| 趯（tì）趯：跳跃的样子。| 阜螽（fù zhōng）：蝗的幼虫。
觏（gòu）：遇见。| 夷：平，心情平静。

詩經召南之草蟲

召南[○]·草虫

女孩热恋之歌。

你这欢叫的虫虫，
你这蹦跳的东东。
看不见他，
我忧心忡忡。
见到他了，
抱住他了，
我的心这才放松。

登上南边的山坡，
那里的野菜很多。
看不见他，
我魂不守舍。
见到他了，
抱住他了，
我的心这才平和。

登上南边的山冈，
采些野豌豆尝尝。
看不见他，
我暗自忧伤。
见到他了，
抱住他了，
我的心这才安放。

○ 《召（shào）南》：召公奭统治下南方地域的民歌。“召南”所属范围约在今陕西岐山西南一带。

台南摽有梅

摽○有梅，其实七兮○！
求我庶士○，迨其吉兮○！

摽有梅，其实三兮！
求我庶士，迨其今兮！

摽有梅，顷筐塈○之！
求我庶士，迨其谓○之！

摽（biào）：打落。或坠落。｜其实七兮：树上还有七成。｜庶士：众位青年。
迨（dài）其吉兮：趁这美好时光。｜塈（jì）：取。｜谓：表白。

召南 摽有梅

召南·摽有梅

女孩盼情郎尽快迎娶之歌。这首诗热情奔放，大胆火辣。
原作有三段，层层递进，越来越急。译文并为一段，以加强节奏感。

熟了的梅子往下掉，
枝头只剩六七成。
熟了的梅子往下掉，
枝头只剩二三成。
熟了的梅子往下掉，
枝头一个都不剩。
你要求婚就快点来，
磨磨蹭蹭急死个人。

邶風擊鼓

击鼓其镗，踊跃用兵。
土国城漕，我独南行。

从孙子仲，平陈与宋。
不我以归，忧心有忡。

爰居爰处？爰丧其马？
于以求之？于林之下。

死生契阔，与子成说。
执子之手，与子偕老。

于嗟阔兮，不我活兮。
于嗟洵兮，不我信兮。

镗（tāng）：鼓声。| 漕：卫国地名。| 孙子仲：卫国将军。
不我以归：“不以我归”的倒装，不让我回去。| 爰（yuán）：何处。
契阔：聚散。| 洵：久远。

邶風擊鼓
胡永凱

邶风[○]·击鼓

远征士兵厌战思归之歌。
歌中“死生契阔，与子成说；
执子之手，与子偕老”是千古名句。

战鼓震天响，
将士举刀枪。
他们筑城墙，
我却去南方。

跟着公孙子仲，
平定陈国与宋。
胜利了却不让回家，
可知道我心中的苦痛？

●
《邶（bèi）风》：邶地的歌谣。邶地在今河南汤阴东南一带。

何处安顿何时罢？
在哪丢了我的马？
哪里又能找到它？
在那林中大树下。

生离死别，
与你盟约。
紧紧握住你的手，
我们相爱到永久。

啊，啊！这样的离别，
害我不能双飞如蝶！
啊，啊！这样的远行，
害我不能信守盟约！

卯風雄雞

雄雉于飞，泄泄◦其羽。
我之怀矣，自诒伊阻◦。

雄雉于飞，下上其音。
展◦矣君子，实劳我心。

瞻彼日月，悠悠我思。
道之云◦远，曷◦云能来？

百尔◦君子，不知德行？
不忮◦不求，何用不臧◦？

●
泄（yì）泄：缓飞的样子。| 自诒（yí）伊阻：自讨忧愁。
展：诚实。| 云：语助词。| 曷（hé）：何时。| 百尔：你们众位。
忮（zhì）：忌恨。| 臧（zāng）：善。

卯風雄雉
胡永凱

邶风·雄雉

远征士兵之妻思念丈夫之歌。
歌中“不忮不求，何用不臧”是名句。

雄山鸡空中飞翔，
慢慢地张开翅膀。
我那个朝思暮想，
他与我天各一方。

雄山鸡空中飞翔，
哗啦啦发出声响。
我那个夫君情郎，
你让我寸断柔肠。

盼星星，盼月亮，
心上人，在远方。
都说道路很漫长，
何时才能归故乡？

说什么谦谦君子，
岂能够不知天良？
不忌恨，守本分，
哪有事情不吉祥？

邶風 靜女

静女其姝，俟我于城隅。
爱○而不见，搔首踟蹰○。

静女其娈○，贻○我彤管。
彤管有炜○，说怿○女美。

自牧○归○荑，洵○美且异。
匪女○之为美，美人之贻。

●
爱：隐藏。| 踟蹰（chí chú）：徘徊不去。| 娈（luán）：美丽。
贻（yí）：赠。| 炜（wěi）：光泽。| 说怿（yuè yì）：喜悦。
牧：野外。| 归：同“馈”，赠。| 洵：实在。| 女（rǔ）：同“汝”，你。

詩经邶風之静女

邶风·静女

男孩与女孩约会，久等不来，
却得到意外惊喜。

文文静静的你，
那样美丽，那样美丽！
我在城角等了半天，
你在哪里，你在哪里？

原来你悄悄躲起，
你真可以，你真可以！
这个东东是送给我的吗？
快快收起，快快收起！

谢谢你专门去了野地，
满心欢喜，满心欢喜！
送我什么没有关系，
只要是你，只要是你！

鄘风 相鼠

相鼠有皮，人而无仪。
人而无仪，不死何为？

相鼠有齿，人而无止。
人而无止，不死何俟？

相鼠有体，人而无礼。
人而无礼，胡不遄死？

相（xiàng）：看。| 仪：礼仪。
止：礼节，廉耻。| 遄（chuán）：速。

鄘風 相鼠

鄘风○·相鼠

痛斥无耻之徒。

看看那老鼠吧，
也还有张鼠皮。
你明明是个人，
居然没有礼仪。
是个人却没礼仪，
活着还有啥意义？

看看那老鼠吧，
也还有口牙齿。
你明明是个人，
居然没有廉耻。
是个人却没廉耻，
活着还有啥意思？

看看那老鼠吧，
也还有它肢体。
你明明是个人，
居然不知遵礼。
是个人却不遵礼，
那你还不快去死？
快去！快去！快去！

○《鄘（yōng）风》：鄘地的歌谣。鄘地在今河南新乡西南一带。

衛風 有狐

有狐绥绥[○]，在彼淇梁[○]。
心之忧矣，之子无裳。

有狐绥绥，在彼淇厉[○]。
心之忧矣，之子无带。

有狐绥绥，在彼淇侧。
心之忧矣，之子无服。

●
绥（suí）绥：从容独行的样子。
淇梁：淇水上的桥梁。| 厉：深水可涉处。

衛風 有狐

卫风[○]·有狐

女孩爱上了穷小子。

小狐狸不慌不忙，
找朋友在那桥梁。
心肝肝我的情郎，
可怜他没有衣裳。

小狐狸不急不快，
找朋友在那水寨。
心肝肝我的最爱，
可怜他没有腰带。

小狐狸不紧不慢，
找朋友在那河岸。
心肝肝我的伙伴，
他没有衣服可换。

● 《卫风》：卫地的歌谣。卫地在今河南淇县一带。

衛風 木瓜

投我以木瓜，报之以琼琚○。
匪报也，永以为好也。

投我以木桃，报之以琼瑶○。
匪报也，永以为好也。

投我以木李，报之以琼玖○。
匪报也，永以为好也。

琼琚：佩玉。| 琼瑶：美玉。| 琼玖：彩玉。

衛風 木瓜

卫风·木瓜

男女定情之歌。

你送我一个木瓜，
我赠以白玉无瑕。
这可不是回报啊，
是为了青春年华。

你送我一只鲜桃，
我赠以稀世琼瑶。
这可不是回报啊，
是为了相爱到老。

你送我一颗甜李，
我赠以黑色美琪。
这可不是回报啊，
是为了永不分离。

王風大事

大车槛槛，毳衣如菼。
岂不尔思？畏子不敢。

大车啍啍，毳衣如璊。
岂不尔思？畏子不奔。

穀则异室，死则同穴。
谓予不信，有如皦日！

槛（kǎn）槛：车轮响声。| 毳（cuì）：兽毛。| 菼（tǎn）：初生荻苇，形容嫩绿色。
尔思：即思尔。| 啍（tūn）啍：滞缓的样子。| 璊（mén）：赤玉色。
穀（gǔ）：通“谷”，引申为“生”。| 皦：同“皎”，光亮。

王风[○] · 大车

女孩求爱之歌。这首诗热情奔放，
大胆火辣。因此译为民歌体，
以便更好地体现那种情感。

牛车款款，
毛衣软软。
我想约会
怕你不敢！

牛车缓缓，
毛衣展展。
我想私奔，
怕你不敢！

活着不能睡一床，
死了也要同一房！
你要问我真与假，
看那天上红太阳！

●
《王风》：东都王城一带的歌谣。东都在今河南洛阳附近。

鄭風 有女同車

有女同车，颜如舜华。
将翱将翔，佩玉琼琚。
彼美孟姜◎，洵美且都◎。

有女同行，颜如舜英。
将翱将翔，佩玉将将◎。
彼美孟姜，德音不忘。

孟姜：本意姜姓长女，泛指美女。| 都：娴雅。
将（qiāng）将：即锵锵。

鄭風 有女同車
胡永凯

郑风[1] · 有女同车

男子一见钟情之歌。
原文“舜华”和“舜英”都指木槿，
这里为了押韵改为海棠。

[1] 《郑风》：郑地的歌谣。郑国始封地在今陕西渭南市华州区，《诗经》所录诗篇多为郑国东迁（今河南新郑一带）后所作。

有个女孩跟我同车，
她的脸蛋就像海棠。
身体轻盈似要翱翔，
神采飞扬佩玉琳琅。
她就是老姜家的姑娘，
真的文雅美丽又大方。

有个女孩跟我同行，
她的脸蛋就像木槿。
身体鸟儿般轻盈，
佩玉响起来又那么好听。
她就是老姜家的千金，
我怎么都忘不了她的声音。

鄭風　山有扶蘇

山有扶苏，隰°有荷华。
不见子都°，乃见狂且°。

山有桥松，隰有游龙°。
不见子充°，乃见狡童。

隰（xí）：洼地。| 子都、子充：美男子的统称。
狂且（jū）：狂妄之人。| 游龙：植物名，即蓼。

鄭風
山有扶蘇

郑风·山有扶苏

女孩与情郎的打情骂俏之歌。

山上有棵扶苏树，
池中有株玉莲花。
不见心中美男子，
撞上个欢喜俏冤家。

山上有棵不老松，
洼地一片小粉红。
不见梦中帅小伙，
撞上个顽皮人来疯。

鄭風褰裳

子惠[○]思我，褰[○]裳涉溱[○]。
子不我思[○]，岂无他人？
狂童之狂也且[○]！

子惠思我，褰裳涉洧[○]。
子不我思，岂无他士？
狂童之狂也且！

惠：爱。| 褰（qiān）：提起。| 溱（zhēn）、洧（wěi）：皆为水名。
我思：即思我。| 且：语气助词。

鄭風
褰裳
胡永凱

郑风·褰裳

女孩挚爱之歌。
汉代以前没有裤子，上衣叫衣，下衣叫裳。

你要真心爱着我，
卷起下摆过河来。
你要心里没有我，
难道我还没人爱？
你这傻瓜中的傻瓜，
呆！呆！呆！

你要真心爱着我，
撩起下摆快过河。
你要心里没有我，
难道我还怕什么？
你这蠢货中的蠢货，
哥！哥！哥！

鄭風 東門之墠

东门之墠○，茹藘○在阪○。
其室则迩○，其人甚远。

东门之栗○，有践○家室。
岂不尔思？子不我即○。

●
墠（shàn）：平坦之地。| 茹藘（rú lǘ）：植物名，即茜草。
阪：坡。| 迩：近。| 栗：栗树。| 践：成行成列。| 即：接近。

鄭風 東門之墠

郑风·东门之墠

女孩单相思之歌。

东门之路，多么平坦。
栗树成行，茜草丰满。
他的家离我这么近，
他的心离我那么远。

东门之树，枝繁叶茂。
望见你家，我就心跳。
真没发现我喜欢你吗？
怎么连面都见不到？

郑风子衿

青青子衿，悠悠我心。
纵我不往，子宁○不嗣音○？

青青子佩，悠悠我思。
纵我不往，子宁不来？

挑兮达兮○，在城阙兮。
一日不见，如三月兮。

●
宁（nìng）：难道。| 嗣（sì）音：传递音讯。
挑（tāo）兮达（tà）兮：往来徘徊的样子。

鄭風
子衿

郑风·子衿

女孩急盼与情郎约会之歌。

青青的，是你的衣领。
悠悠的，是我的痴心。
就算我没去找你，
你就不能捎封信？

亮亮的，是你的玉佩。
长长的，是我的眼泪。
就算我没去找你，
你就不能来相会？

走过去，走过来，
城门闭，城门开。
一天见不到，
就像三个月。

鄭風 揚之水

扬之水，不流束楚。
终鲜兄弟，维予与女。
无信人之言，人实迋女。

扬之水，不流束薪。
终鲜兄弟，维予二人。
无信人之言，人实不信。

扬：激扬。| 楚：荆条。| 鲜（xiǎn）：少。| 迋：通“诳”，骗。

鄭風
揚之水

郑风·扬之水

女孩向情郎表白，
希望他不要听信谣言。

河水奔流不息，
冲不走捆着的荆棘。
我没有哥哥弟弟，
眼下就只有我和你。
不要听别人胡言乱语，
他们都不怀好意。

河水奔腾扬波，
冲不走捆着的柴火。
我没有弟弟哥哥，
眼下就只有你和我。
不要听别人七嘴八舌，
他们的话都信不得。

鄭風溱洧

溱与洧方涣涣兮。
士与女方秉蕑兮。
女曰："观乎？"
士曰："既且。"
"且往观乎！"
洧之外洵訏且乐。
维士与女，
伊其相谑，
赠之以勺药。

溱与洧浏其清矣。
士与女殷其盈矣。
女曰："观乎？"
士曰："既且。"
"且往观乎！"
洧之外洵訏且乐。
维士与女，
伊其将谑，
赠之以勺药。

●
蕑（jiān）：一种兰草。| 且（cú）：通"徂"，往。| 訏（xū）：大。
谑：调笑。| 浏：水深而清。

鄭風 溱洧

郑风·溱洧

中国情人节之歌。

溱水和洧水，
春波浩荡弥漫。
男孩和女孩，
手中拿着泽兰。
女孩说：过去看看？
男孩说：刚刚看完。
女孩说：看了也可以再看嘛！
那边又大又好玩。
于是说说笑笑往前走。
还相互赠送了芍药花。

薺風靈令

卢令令，
其人美且仁。

卢重环，
其人美且鬈。

卢重鋂，
其人美且偲。

卢：猎犬。| 令令：铃声。| 鬈（quán）：勇壮。| 重鋂（méi）：一个大环套两个小环。偲（cāi）：须多而美。或为多才。

齊風 盧令
胡永凱

齐风○・卢令

女孩在野地里邂逅青年猎人。

那猎狗，脖子上挂着铃铛。
那猎人，又帅又有好心肠。

那猎狗，脖子上挂着套环。
那猎人，又帅又有一身胆。

那猎狗，脖子上挂着铜器。
那猎人，长得帅，还多才多艺。

●
《齐风》：齐地的歌谣。齐地在今山东淄博一带。

魏風伐檀

坎坎○伐檀兮，置之河之干○兮，河水清且涟猗。
不稼不穑，胡取禾三百廛○兮？
不狩不猎，胡瞻尔庭有县○貆○兮？
彼君子兮，不素餐○兮！

坎坎伐辐○兮，置之河之侧兮，河水清且直猗。
不稼不穑，胡取禾三百亿兮？
不狩不猎，胡瞻尔庭有县特○兮？
彼君子兮，不素食兮！

坎坎伐轮兮，置之河之漘兮，河水清且沦猗。
不稼不穑，胡取禾三百囷兮？
不狩不猎，胡瞻尔庭有县鹑兮？
彼君子兮，不素飧兮！

●
坎坎：伐木声。| 干：水边。| 廛（chán）：计量单位，束。| 县：古“悬”字。
貆（huān）：猪獾。| 素餐：白吃饭。| 辐：车轮的轴条。| 特：大兽。

魏风 伐檀
胡永凯

魏风○·伐檀

讽刺不劳而获的人。
全诗共三章，同义反复，故只译一章。

●
《魏风》：魏地的歌谣。魏地在今山西芮城一带。

坎坎坎坎，
我们伐檀。
檀树倒下，
放在河边。
河水清澈，
泛起波澜。
不耕种，不收割，
凭什么取粮三百担？
不出狩，不打猎，
凭什么院里挂猪獾？
那些公子王孙啊，
可不是白吃闲饭？！

唐风

扬之水

扬之水，白石凿凿。
素衣朱襮，从子于沃。
既见君子，云何不乐？

扬之水，白石皓皓。
素衣朱绣，从子于鹄。
既见君子，云何其忧？

扬之水，白石粼粼。
我闻有命，不敢以告人。

凿凿：鲜明。| 襮（bó）：绣有黼文的衣领。| 皓皓：洁白。| 绣：刺方领绣。
鹄（hú）：同“皋”。曲沃的城邑。| 粼粼：清澈。| 命：信。

唐風 揚之水

唐风○·扬之水

女孩赴约恋人之歌。

河水奔腾扬波，
白石被它抚摸。
绣衣红装素裹，
跟你来到曲沃。
见了我的帅哥，
怎么能不欢乐？

河水缓缓流淌，
白石宛如秋霜。
绣衣素裹红装，
跟你来到鹄乡。
见了我的情郎，
哪里还有忧伤？

河水波光粼粼，
白石洁净清纯。
收到你捎的信，
没敢告诉他们。

●
《唐风》：唐地的歌谣。唐地在今山西太原、平阳一带。

唐風 有杕之杜

有杕○之杜○，生于道左。
彼君子兮，噬○肯适○我？
中心好之，曷饮食之？

有杕之杜，生于道周。
彼君子兮，噬肯来游？
中心好之，曷饮食之？

杕（dì）：树木孤零零的样子。| 杜：杜梨，又名赤棠、棠梨。| 噬（shì）：发语词。| 适：匹配。

唐風
有杕之杜

唐风・有杕之杜

女孩想念情郎之歌。

孤零零一棵赤棠，
直挺挺长在路旁。
帅呆呆我的情郎，
啥时候到我身旁？

红灿灿一树棠梨，
兴冲冲结满路西。
傻乎乎那个帅哥，
啥时候给我嫁衣？

秦风蒹葭

蒹葭苍苍，白露为霜。
所谓伊人，在水一方。
溯洄从之，道阻且长。
溯游从之，宛在水中央。

蒹葭萋萋，白露未晞。
所谓伊人，在水之湄。
溯洄从之，道阻且跻。
溯游从之，宛在水中坻。

蒹葭采采，白露未已。
所谓伊人，在水之涘。
溯洄从之，道阻且右。
溯游从之，宛在水中沚。

蒹葭：芦苇。| 晞：干。| 湄、涘（sì）：岸边，水边。| 跻（jī）：升，这里指道路陡高。
坻（chí）：水中小沙洲。| 右：不直。| 沚：水中沙滩，比坻稍大。

秦风○・蒹葭

男孩追求女孩之歌。
全诗共三章，同义反复，故只译一章。

芦苇啊芦苇啊苍苍茫茫，
白露啊白露啊凝结为霜。
心里面心里面一位姑娘，
在哪里在哪里在水一方。

逆势而上去找她，
道路曲折又漫长。
顺江而下去找她，
好像又在水中央。

●
《秦风》：秦地的歌谣。秦地在今甘肃天水至陕西西安一带。

秦風 晨風

鴥彼晨风，郁彼北林。
未见君子，忧心钦钦。
如何如何，忘我实多！

山有苞栎，隰有六驳。
未见君子，忧心靡乐。
如何如何，忘我实多！

山有苞棣，隰有树檖。
未见君子，忧心如醉。
如何如何，忘我实多！

鴥（yù）：疾飞的样子。| 晨风：鹯鸟，似鹞鹰。
钦钦：忧心的样子。| 苞：茂盛。| 六驳：树名，即梓榆。
靡乐：不快乐。| 树檖（suì）：直立的山梨树。

秦风
晨風

秦风·晨风

思念之歌。

鴥鹰一跃而起，
掠过树冠远去。
见不到你，见不到你，
我的心惆怅难已。
如何是好，如何是好，
怕只怕你把我忘记！

山上面长着白栎，
湿地里满是赤李。
见不到你，见不到你，
我的心岂能欢喜。
如何是好，如何是好，
怕只怕你把我忘记！

坡上面长着棠棣，
湿地里满是山梨。
见不到你，见不到你，
就像醉鬼不辨东西。
如何是好，如何是好，
怕只怕你把我忘记！

秦风無衣

岂曰无衣？与子同袍。
王于兴师，修我戈矛。
与子同仇。

岂曰无衣？与子同泽。
王于兴师，修我矛戟。
与子偕作。

岂曰无衣？与子同裳。
王于兴师，修我甲兵。
与子偕行。

泽：里衣。| 甲兵：铠甲与兵器。

秦风·无衣

将士们同仇敌忾之歌。

谁说我们没有衣穿？
我和你共用战袍。
君王就要出征了，
整理好我们的戈矛，
我和你同一战壕。

谁说我们没有衣穿？
我和你共用汗衫。
君王就要出征了，
整理好我们的弓箭，
我和你并肩作战。

谁说我们没有衣穿？
我和你共用军装。
君王就要出征了，
整理好我们的刀枪，
我和你同上战场。

陳風 宛丘

子之汤○兮，宛丘之上兮。
洵有情兮，而无望○兮。

坎○其击鼓，宛丘之下。
无冬无夏，值○其鹭羽。

坎其击缶○，宛丘之道。
无冬无夏，值其鹭翿○。

汤（dàng）：同“荡”，放荡。| 望：希望。| 坎：击鼓声。
值：持。| 缶（fǒu）：瓦器。| 鹭翿（dào）：鹭羽制成的舞蹈道具。

陳風
宛丘

陈风[○]·宛丘

男孩暗恋跳巫舞的女孩。

你的舞姿是那样奔放，
在这宛丘的坡上。
我的爱已经满满当当，
虽然明知道没有希望。

咚咚咚敲起鼓来，
在这宛丘的低地。
不管是寒冬还是酷暑，
你总是手持白鹭的羽翼。

当当当敲起缶来，
在这宛丘的大道。
不管是寒冬还是酷暑，
你总是头戴白鹭的羽毛。

●
《陈风》：陈地的歌谣。陈地在今河南淮阳一带。

檜風 隰有萇楚

隰有苌楚○，猗傩○其枝。
夭○之沃沃○，乐○子之无知！

隰有苌楚，猗傩其华。
夭之沃沃，乐子之无家！

隰有苌楚，猗傩其实。
夭之沃沃，乐子之无室！

●
苌（cháng）楚：羊桃，即猕猴桃。| 猗傩：同“婀娜”，轻盈柔美的样子。
夭：少好、嫩美。| 沃沃：有光泽。| 乐：羡慕。

檜風
隰有萇楚

桧风°·隰有苌楚

这首诗的主题，历来有多种截然不同的说法，
因此不妨看作一首作者发了感慨的风景诗。

湿地里长着猕猴桃，
枝枝蔓蔓多妖娆。
鲜嫩润泽，枝繁叶茂，
真羡慕你没有烦恼。

湿地里长着猕猴桃，
枝枝蔓蔓多妖娆。
鲜嫩润泽，枝繁叶茂，
真羡慕你没有兄嫂。

湿地里长着猕猴桃，
枝枝蔓蔓多妖娆。
鲜嫩润泽，枝繁叶茂，
真羡慕你没有家小。

● 《桧风》：桧地的歌谣。
桧地在今河南新密一带。

曹風鳲鳩

鸤鸠○在桑，其子七兮。
淑人君子，其仪一○兮。
其仪一兮，心如结○兮。

鸤鸠在桑，其子在梅。
淑人君子，其带伊丝○。
其带伊丝，其弁伊骐○。

鸤鸠在桑，其子在棘。
淑人君子，其仪不忒○。
其仪不忒，正是四国○。

鸤鸠在桑，其子在榛。
淑人君子，正是国人。
正是国人，胡不万年？

鸤（shī）鸠：布谷鸟。| 一：始终如一。| 结：固而不散。| 其带伊丝：带以素色缘边。其弁（biàn）伊骐：皮帽青黑色。| 忒（tè）：偏差。| 正是四国：指四方国家行事的法则。

曹風 鳲鳩
胡永凱

曹风[○]·鸤鸠

这首诗的主题，历来众说纷纭。有人认为是赞美诗，也有人认为是讽刺诗，因为诗中描写的理想人物在现实生活中根本没有。

布谷鸟筑巢在桑树，
它的孩子不计其数。
德才兼备的真君子，
仪表端庄如故。
仪表端庄如故，
内心坚定专注。

布谷鸟筑巢在桑间，
它的孩子飞到梅前。
德才兼备的真君子，
他的腰带白丝边。
他的腰带白丝边，
青黑帽子很庄严。

● 《曹风》：曹地的歌谣。曹地在今山东西部。

布谷鸟筑巢在桑角，
它的孩子飞向酸枣。
德才兼备的真君子，
他是那样注重仪表。
他是那样注重仪表，
他是邦国的稀世珍宝。

布谷鸟筑巢桑树上，
它的孩子东张西望。
德才兼备的真君子，
正是国人好榜样。
正是国人好榜样，
怎不祝他老当益壮！

豳風 狼跋

狼跋其胡，载疐其尾。
公孙硕肤，赤舄几几。

狼疐其尾，载跋其胡。
公孙硕肤，德音不瑕。

跋（bá）：践，踩。| 胡：兽颔下垂肉。| 载：又。| 疐（zhì）：跌倒，绊倒。
硕肤：体胖的样子。| 赤舄（xì）几几：言鞋之华丽。

豳風
狼跋

豳风[○] · 狼跋

讽刺公子王孙之歌，也有人认为是赞美诗。

大灰狼，大灰狼，
肥肥的下巴垂肉囊。
后腿踩在尾巴上，
前脚碰到赘肉旁。

好儿郎，好儿郎，
白白的皮肤裹肥肠。
镶金的红鞋多漂亮，
他的美名四海扬。

●
《豳风》：豳地的歌谣。
豳地在今陕西旬邑一带。

雅

小雅鹿鳴

呦呦鹿鸣，食野之苹。
我有嘉宾，鼓瑟吹笙。
吹笙鼓簧，承筐是将。
人之好我，示我周行。

呦呦鹿鸣，食野之蒿。
我有嘉宾，德音孔昭。
视民不恌，君子是则是效。
我有旨酒，嘉宾式燕以敖。

呦呦鹿鸣，食野之芩。
我有嘉宾，鼓瑟鼓琴。
鼓瑟鼓琴，和乐且湛。
我有旨酒，以燕乐嘉宾之心。

呦呦：鹿鸣声。| 孔昭：甚明。| 恌（tiāo）：轻佻，引申为傲慢。| 则：原则。| 效：榜样。| 式燕以敖：指宴饮尽兴欢乐。| 芩（qín）：蒿类植物。| 湛（dān）：尽兴。

小雅 鹿鳴

小雅[○]·鹿鸣

讽刺公子王孙之歌，
也有人认为是赞美诗。

野鹿儿声声长鸣，
草地上片片青苹，
我这里满座嘉宾。
快拨动琴瑟吧，
吹起那笙。

瑟有弦，笙有簧。
好礼品，装满筐。
爱护我的人们啊，
带来了自己的好主张。

你们的品德高尚，
你们是众人榜样。
让我们快乐欢畅，
让我们共饮琼浆。

野鹿儿声声欢笑，
田野里处处青草。
美酒飘香，乐音缭绕，
我们的心儿醉了。

●
《雅》：正也，即正声雅乐。

小雅 鶴鳴

鹤鸣于九皋[○]，声闻于野。
鱼潜在渊[○]，或在于渚[○]。
乐彼之园，爰有树檀，其下维萚[○]。
他山之石，可以为错[○]。

鹤鸣于九皋，声闻于天。
鱼在于渚，或潜在渊。
乐彼之园，爰有树檀，其下维榖[○]。
他山之石，可以攻玉。

九皋（gāo）：曲折深远的沼泽。| 渊：深水。| 渚：水中间的小块陆地。| 萚（tuò）：灌木名。错：琢玉用的磨刀石。| 榖（gǔ）：构树。

小雅 鹤鸣
胡永凯

小雅·鹤鸣

这首诗的主题，一般都理解为劝说君王起用隐居的或者别国的人才，但“他山之石，可以攻玉”这句话，后来也有应该向他人学习，取长补短的意思。

湿地的水，蜿蜒曲折，
鹤在那里鸣叫，
声音传遍荒郊。
鱼儿潜伏在水底，
有时也到洲边逍遥。
我真心喜欢这个园子，
檀树长得那么高，
枝叶随着风儿飘。
那边山上的石头，
可以借来磨刀。

湿地的水，弯弯曲曲，
鹤在那里鸣啼，
声音传向天际。
鱼儿在洲边嬉戏，
有时也潜入水底。
我真心喜欢这个园子，
檀木是那么高大，
矮树也长了满地。
那边山上的石头，
可以借来琢玉。

小雅 白駒

皎皎○白驹，食我场○苗。
絷○之维○之，以永今朝。
所谓伊人，于焉逍遥？

皎皎白驹，食我场藿○。
絷之维之，以永今夕。
所谓伊人，于焉嘉客？

皎皎白驹，贲○然来思○。
尔公尔侯，逸豫○无期？
慎尔优游，勉尔遁思。

皎皎白驹，在彼空谷。
生刍○一束，其人如玉。
毋金玉○尔音，而有遐○心。

皎皎：洁白。| 场（cháng）：平坦的空地，多指农家晒粮食的地方。| 絷（zhí）：绊。| 维：拴。
藿：豆叶。| 贲（bì）然：光彩的样子。| 思：语助词。| 逸豫：安乐。| 生刍（chú）：喂牲畜的青草。
金玉：作动词用，珍惜。| 遐：远、生疏。

小雅白駒

小雅·白驹

女子思念之歌，
也有说是表现别友思贤的。

你这少壮的白马，
吃我场上的豆苗。
我得拿根绳子拴起来，
留住这难忘今朝。
拴住我心的那个人啊，
又在哪里逍遥？

你这少壮的白马，
吃我场上的豆叶。
我得拿根绳子拴起来，
留住这欢乐今夜。
拴住我心的那个人啊，
又在哪里做客？

你这少壮的白马，
载着他疾驰而来。
既然贵为公侯，
何妨任意徘徊。
陪着你优哉游哉，
但愿你不要离开。

你这少壮的白马，
来到空旷的山谷。
割下了一把青草，
看那人如玉如琥。
等着你捎封信来，
别让我想得太苦。

大雅

山劉

笃○公刘，

匪居匪康。

乃埸○乃疆，

乃积○乃仓。

乃裹糇粮○，

于橐○于囊○，

思辑○用光○。

弓矢斯张○，

干戈戚扬○，

爰○方启行。

笃：厚道。或为叹词。| 埸（yì）：疆界。| 积：露天堆粮处。
糇（hóu）粮：干粮。| 橐（tuó）、囊：泛指口袋。| 辑：和睦。
用光：以为荣光。| 张：张开。| 戚扬：斧钺。| 爰（yuán）：发语词。

大雅·公刘（节选）

公刘是周族的先祖，本诗是周族的史诗，讲述了公刘为了生存发展，带领部分族人迁徙的故事。全诗较长，此处节选第一章。

啊，公刘，

淳朴厚道的公刘！

不安于现状，

不安于小康。

划清田界，

装满谷仓。

备足干粮，

背起行囊。

团结一致，

士气高昂。

干戈斧钺，

全副武装。

我们这才奔向远方。

大雅 公劉

頌

周頌 我將

我将我享，
维羊维牛，
维天其右之。
仪式刑文王之典，
日靖四方。
伊嘏文王，
既右飨之。
我其夙夜，
畏天之威，
于时保之。

将：捧。| 享：献祭品。| 右：佑助。| 刑：效法。| 靖：平定，治理。
伊：发语词。| 嘏（jiǎ）：伟人。| 飨（xiǎng）：享用。| 于时：于是。

周颂○·我将

周王和贵族祭天并祭祀
文王之歌。

你献上，我献上，
既有牛，又有羊。
老天爷，请你尝，
文王为我立典章，
日日思谋定四方。
伟大英明是文王，
站在皇天上帝旁，
看我子孙献祭忙。
不敢懈怠啊，自强！
心存敬畏啊，上苍！
永葆青春啊，周邦！

●
《颂》：用于宗庙祭祀的乐歌。

鲁顺驹

駉駉牡马，在坰之野。
薄言駉者，有驈有皇，
有骊有黄，以车彭彭。
思无疆，思马斯臧！

駉駉牡马，在坰之野。
薄言駉者，有骓有駓，
有骍有骐，以车伾伾。
思无期，思马斯才！

駉駉牡马，在坰之野。
薄言駉者，有驒有骆，
有骝有雒，以车绎绎。
思无斁，思马斯作！

駉駉牡马，在坰之野。
薄言駉者，有骃有騢，
有驔有鱼，以车祛祛。
思无邪，思马斯徂！

駉（jiōng）駉：马健壮的样子。| 坰（jiōng）：野外。| 以车：用马驾车。
彭彭：马奔跑的声音。| 无疆：（奔跑）无止境。| 臧：善。| 伾（pī）伾：有力的样子。
无期：（繁衍）无止期。| 绎绎：跑得快的样子。| 斁（yì）：厌倦。
祛（qū）祛：强健的样子。| 无邪：无边。| 徂：行。

鲁颂
駉

鲁颂·駉

骏马之歌。

膘肥体壮的骏马，
荒野之上潇洒。
看看那些马儿吧！
黑身白腿的马，
黄中带白的马，
通体全黑的马，
红毛泛黄的马，
稳健从容把车拉。
力量无穷大。
啊！骏马，
出类拔萃的好马！

膘肥体壮的骏马，
荒野之上潇洒。
看看那些马儿吧！
苍白杂色的马，
黄白交错的马，
红而微黄的马，
青而微黑的马，
孔武有力把车拉。
力量无限大。
啊！骏马，
百里挑一的好马！

膘肥体壮的骏马，
荒野之上潇洒。
看看那些马儿吧！
青黑鳞纹的马，
白身黑鬃的马，
赤身黑鬃的马，
黑身白鬃的马，
健步如飞把车拉。
从来不拖沓。
啊！骏马，
神气十足的好马！

膘肥体壮的骏马，
荒野之上潇洒。
看看那些马儿吧！
浅黑白毛的马，
红白夹杂的马，
黑身黄脊的马，
眼圈白毛的马，
脚踏实地把车拉。
什么都不怕。
啊！骏马，
日行千里的好马！

商頌　玄鳥

天命玄鸟，降而生商，宅殷土芒芒。
古帝命武汤，正域彼四方。

方命厥后，奄有九有。
商之先后，受命不殆，在武丁孙子。
武丁孙子，武王靡不胜。

龙旂十乘，大糦是承。
邦畿千里，维民所止，肇域彼四海。

四海来假，来假祁祁，景员维河。
殷受命咸宜，百禄是何。

正（zhēng）：通“征”，征服。| 厥：其。| 后：各部落首领。
奄有九有：拥有九州。| 糦（chì）：黍稷。| 承：进献。| 邦畿（jī）：封畿，疆界。
肇：开。| 来假：来朝。| 景员：幅员广大。| 何（hè）：通“荷”，承受。

商頌 玄鳥

商颂·玄鸟

殷商遗民合祭先祖之歌。

上苍命令燕子，
降下神卵生商。
殷地一片苍茫，
天意选择成汤。
征服四海之内，
册命各地贤良。
据有九州之地，
世代守土封疆。
武丁承前启后，
事业胜利辉煌。

龙旗大车十辆，
牺牲黍稷琼浆。
邦国疆域千里，
万民乐业安康。
普天之下同庆，
贡使四面八方。
来者熙熙攘攘，
黄河绕我云冈。
殷商合当受命，
天祐福寿吉祥。

全 书 终

主要参考书

（排名不分先后）

朱熹注《诗经集传》 上海古籍出版社 1987
杨合鸣、李中华著《诗经主题辨析》 广西教育出版社 1989
周振甫译注《诗经译注》 中华书局 2002
王秀梅译注《诗经》 中华书局 2015
黎波译注《诗经》 吉林美术出版社 2015
杨合鸣译注《诗经》 崇文书局 2016
程俊英译注《诗经译注》 上海古籍出版社 2016
金启华译注《诗经全译》 凤凰出版社 2018
李家声著《诗经全译全评》 商务印书馆国际有限公司 2019

胡永凯

1945 年出生于北京
曾从事美术电影及连环画、绘本创作，多次获国内外奖项
现为中国国家画院研究员，作品被国家博物馆、中国美术馆收藏

易中天

1947 年出生于长沙
曾在新疆工作，先后任教于武汉大学、厦门大学
现居江南某镇，潜心写作

图书在版编目（CIP）数据

诗经绘 / 胡永凯绘 ； 易中天译 . -- 杭州 ： 浙江文艺出版社， 2024.1

ISBN 978-7-5339-7338-4

Ⅰ . ①诗… Ⅱ . ①胡… ②易… Ⅲ . ①《诗经》—通俗读物 Ⅳ . ① I207.222-49

中国国家版本馆 CIP 数据核字（2023）第 151600 号

诗经绘

胡永凯 绘　　易中天 译

责任编辑　金荣良
装帧设计　向典雄

出版发行　浙江文艺出版社
地　　址　杭州市体育场路 347 号　　邮编 310006
经　　销　浙江省新华书店集团有限公司
　　　　　果麦文化传媒股份有限公司
印　　刷　北京盛通印刷股份有限公司
开　　本　690 毫米 ×880 毫米　1/16
字　　数　136 千字
印　　张　11.25
印　　数　1—5 000
版　　次　2024 年 1 月第 1 版
印　　次　2024 年 1 月第 1 次印刷
书　　号　ISBN　978-7-5339-7338-4
定　　价　98.00 元

诗经绘

绘者 _ 胡永凯　译者 _ 易中天

产品经理 _ 王光裕　技术编辑 _ 白咏明
执行印制 _ 刘淼　策划人 _ 贺彦军

鸣谢（排名不分先后）

刘树东　向典雄

果麦
www.guomai.cn

以 微 小 的 力 量 推 动 文 明